매일 맑은 날만 계속되면 사막이 됩니다.

당신은 인생의 '흐린 날'들도 기어코
이겨낼 수 있는 사람입니다.

"왜 세상은 기어이 나에게만 가혹할까"

기억을 치유해주는 문장들

당신에게 위로가 되었으면 좋겠습니다

차례

차례

5장 **지친 일상의 위로**

6장 **우리는 성공하기 위해**
이 세상에 오지 않았다

7장 당신은
'잘 될 수 밖에 없는' 사람

작가의 말

많은 경우 인생의 문제는 해결되지 않는다.
그저 견뎌내는 것이다.
고단의 순간들을 버티며 먼 시간이 흐르면
그땐 그랬지. 한다.

감당하기 힘든 일을 만나면
10년 후의 나를 상상하곤 한다.
그때 가면 이거, 아무것도 아닐거야.
지금 느끼는 감정도 다 희미해졌겠지.

최악의 순간을 만나면
내가 내가 아니었던 순간들을 되감아 떠올린다.
그것도 버텼는데 이걸 못하겠어?

결국 나는 나로서 치유받는다.
결국 나는 과거와 미래의 나로서 치유받는다.

인생에는 각자의 속도가 있다고 한다.
그래서 '남과 나'를 비교하는 것에 연연해 하지 않으려
부단히 노력한다.

내 인생은 그 누구도 살아보지 못했으니,
내가 처음이자 마지막 주인공이니
정답을 모르는 것이 당연하다.
나의 속도는 왜 남들 같지 못할까를 고민하기 보다는
나에게 맞는 속도를 고민하며 하루를 보낸다.

그 속에서 나와 속도가 맞는 사람들을 만나고
진짜 친구를 만날 수도 있다.
뭐, 만나지 못해도 된다.
난 나와 가장 친한 친구가 되면 되니까.

2000년 전인 기원전 세상에도 마음의 불안,
죽음의 공포를 생각하던 사람들이 있었다.
어쩌면 이것은 인간의 숙명같은 것이었나 보다.

세기를 넘어 나에게 공감해주는 사람이 있었다는 건
그 자체로 위안이 되었다.
힘든 구절마다 자기치유의 과정에서 도움을 준
심리학자와 철학자들의 문장을 참고해서
글을 써내려갔다.

바쁜 일생을 사는 우리보단 인생에 대해 생각할
시간이 더 많았을 터이니 이 분들께 도움을 빌린다.

사소한 일들이 우리를 위로한다.
사소한 일들이 우리를 괴롭히기에
-파스칼

Jean
&Paul
Charles

장 폴 사르트르 (1905~1980)
프랑스의 작가, 사상가

1장

나는
불안한
내가
좋다

인간은 곧 불안이다

인생에 있어 중요한 결심이 필요할 때에는
선택에 대한 확신도 없고
홀로 남겨진 초조함을 느꼈다.

살아간다는 것은 변화의 연속이고,
새로운 것의 연속이기에
불안의 연속이기도 하다.

사르트르는 '불안'이 인간의 가장 본질적인 것이고,
너무나 당연한 것이라고 말했다.
인간은 세상에 던져진 존재이고,
스스로 만들어가는 존재이기 때문이다.

시간이 흐르면 자신에 대하여
그 어렵고 불안했던 장면들을
다 이해하게 되는 순간이 온다.

그리고 오늘, 잠 못 이루는 밤들도
다 가치가 있었구나
깨닫게 된다.

인생의 특별한 의미를 발견하지 못한 채로 허무감과
무의미함을 느끼는 '실존적 우울'에 빠져있었다.

우리는 고통은 너무 빠르게 흡수하면서도
그 고통을 내보내는 방법은 알지 못한다.

실존주의 심리치료 5단계

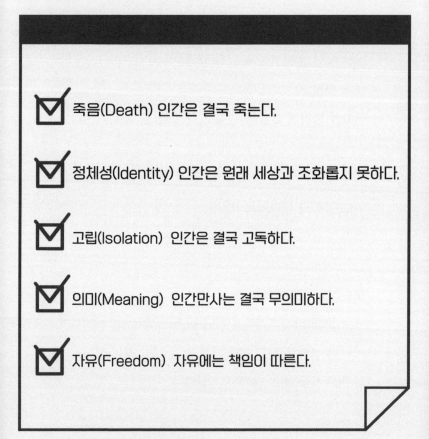

어빈 얄롬(Irvin David Yalom)
미국의 정신과 의사이자 심리상담사

불안을 잠재우는 법

깊은 불안의 심연에 빠졌을 때에는
그저 덧없고
어떠한 합리에 부합한 생각도 할 수 없었다.

우선은 그 마음을 잠재워야겠다고 생각했다.
어빈 얄롬의 심리치료 1단계는
인간은 결국 죽는다는 것을 받아들이는 것이다.

모순적일 수도 있겠지만,
'죽기밖에 더하겠어? 결국 난 어차피 죽는걸.'
이라는 생각을 하고 마음이 한결 편해진 적이 있다.
인간은 결국 홀로 남겨진 존재이다.

이 생은 공정한 것이 아닐 수도 있고,

바른 것이 아닐 수도 있다.

하지만 그런 인생마저 우리는 살아내왔다.

대단하지 않은 하루가 지나고,

또 별 것 아닌 내일이 온다 하더라도

매일을 치열히 겪어내고 있다.

고통은 불가피하지만 괴로워하는 것은 선택이다.

나를 가장 아껴줄 수 있는 사람

우리는 결코 자신의 깊은 책임감으로부터
벗어날 수 없다.
나의 선택에 있어 그 결과에 대한 책임은
온전히 나의 것이기 때문이다.

가변적이고 급급한 세상 속에서
변하지 않는 것을 찾아 헤맨다.
변하지 않는 사랑, 변하지 않는 친구,
혹은 매일 아침 떠있을 햇살, 익숙한 새벽공기 … ….

변하지 않는 것들은 삶에 위안을 준다.
그래서 새벽이 제일 편한 걸지도 모르겠다.
고요히 아무 일도 일어나지 않고
온전히 나에게만 집중할 수 있기에

변하지 않는 것은
사실 가장 가까운 곳에 있다.

나는 불안한 내가 좋다.
나는 나를 믿고 있다.
그래서 나는 나 자신을 가장 가깝게,
온전히 아껴주어야 한다.

그늘 아래 아름답게 피어날 나의 모습을.

꽃은 자기가 피어나는 모습을 보지 못해요.

그래서 더 불안한 걸지도 몰라요.

충분히 멋진 모습이니,

자연히 피어나게 될 것이니 걱정하지 말아요.

타인은 지옥이다
L'enfer, c'est les autres

이 명대사는 장폴 사르트르의 희곡으로 유명해졌다.
우리는 세상에 던져져 자유롭도록 '선고'받았다.

그럼에도 우리는 타인들 속에서 살아가야만 하고,
그 과정에서 끊임없이 타인의 시선에 신경 써야 한다.

결국 돌이켜보면,
대부분 삶의 스트레스의 근원은 '타인'이나
'타인과의 관계'
'타인들 속에서의 나'에서 나온 것이다.

실존은 본질에 앞선다

책이 있다. 내용도 크기도 다 다른 책들이 있다.
책이 만들어진 목적, 즉 본질은 무엇일까
'사람이 읽기 위해 존재하는 것'이다.

모든 사물에는 이렇듯 그것이 존재하는 이유와
목적이 있다. 하지만 인간에게는 본질이 없다.
인간이 존재하는 이유도 없다.

'나 태어나고 싶어' 하고 태어나는 사람은 아무도
없다. '실존은 본질에 앞선다'라는 사르트르의
가장 유명한 말이 뜻하는 바는 인간은 태어난 이유
없이 그저 실존하는 존재자라는 것이다.

불안은 좋지 않은 감정이 아니다.

불안은 '자유'이다.

불안하지만서도,

무언가를 위해 도전하는 당신은 대단한 사람이다.

인생은 B와 D사이의 C

Birth 태어나서 Death 죽을 때까지 Choice의 연속

사소한 모든 것까지
양치를 언제 할지,
오늘 저녁은 무엇을 먹을지에서부터
얼만큼의 열정을 가질지,
얼마나 착한 사람이 될지.
자신의 삶은 자신이 선택할 수 밖에 없다.

나는 나의 선택들이다.
이런저런 과정 속에서 불안감에 압도되면서도
선택의 자유를 통해 주체성을 찾는다.
선택하는 삶을 갈망하지만서도,
내가 무엇을 원하고 좋아하는 것인지조차
모를 때가 있다.

만약 어떤 선택을 망설인다면,
그냥 계속 망설인 상태로 두어도 괜찮다.

하지만 내가 하는 매일매일의 선택을 믿어주자.
자연스러운 선택의 길을 걷다보면 도달할
바라던 모습을 위해.

완벽한 선택이란 것은 없다.
선택 이후의 삶이
그 선택을 완벽하게 만들어 주는 것이다.

앙가주망 engagement

인간은 자유라는 저주를 받았다.
세계에 내던져진 이상,
그가 행하는 모든 것에 대한 책임이 있기 때문이다.
삶에 의미를 주는 것은 당신에게 달렸다.

-장 폴 사르트르

덧붙임

실존주의는 '나는 누구인가?' 그리고 '나는 무엇을
해야 하는가?'에 대한 물음으로 매 선택을 통해
자아를 형성하는 인간의 존재 방식을 말한다.

어쩌면 삶에 대한 고민을 하고 있는 나는 몽상가이
자 철학가일수도 있다. 또, 실존주의자일수도 있다.

사르트르는 노벨문학상 수상을 거부하기도 하였는데
"살아있는 동안 그 누구도 평가받을 자격이 없다."
라는 말을 남겼다.

사르트르는 실존주의라는 개념을 처음 사용한 사람
이자, 스스로 자신을 실존주의자라고 부른 첫번째
사상가이다.

Bluma Wulfovna Zeigarnik

블루마 자이가르닉 (1901~1988)
러시아의 심리학자, 정신과 의사

2장

PTSD는

왜

생기는 걸까?

길을 가다가도 문득 불쾌한 기억이 뇌리를 스칠 때
가 있다. 결국 다 지나간 일인데 왜 이렇게 떠오르는
지.

그 기억이 아주 일상적인 것일수록 더 한 것 같다.
버스에서 있었던 쪽팔린 기억은 버스 탈 때 마다
생각나는 것 처럼. 어린 시절 속 기억은 더 심하다.

요즘엔 그런 기억을 PTSD(외상후스트레스장애)
라고 부르는 것이 유행어처럼 되어버렸다.

누군가는 이런 증상에 대해 셀프 진단일 뿐이고,
엄살이라고 하지만 '우울'이나 '불안'을 원해서 겪는
사람은 없다.

지긋지긋한 PTSD는
왜 생기는 걸까?

2020년 네이처지에 실린 최근 연구 결과가 있다.

사람의 뇌는 당연히 모든 것을 기억할 수 없다.
그래서 생존에 필요한 기억을 우선적으로 남겨둔다.

뇌는 위기나 두려움과 같은 기억을
매우 중요한 정보로 여기고, 장기기억화 시켜
과거의 위기를 반복하지 않도록 한다.

우리 뇌에게 두려움이란 일시적인 감정이 아니라
우리의 생존에 중요한 학습 경험인 것이다.

새로운 상황이 우리를 두렵게 만들 때
뇌는 뉴런에 그 상황을 기록하여 미래에 비슷한
상황을 피하거나 주의를 기울이도록 돕는다.
그런데 이런 기억은 잊고 싶은데도 갈수록 더 강해진다.

–콜럼비아대학교 르네 헨(René Hen)
신경과학 교수 연구팀

연구팀은 실험용 쥐를 무서운 환경에 두고 쥐의 뇌
속 해마의 뉴런 활동을 연구하였다. 뉴런은 뇌의
다른 부위로 신호를 전달하는 신경세포이다.
또한, 해마는 단기기억을 장기기억으로 만드는 부위
이다.

무서운 환경에 반응하는 뉴런은 쥐가 처한 상황에
대한 정보를 바로 뇌의 편도체로 보낸다.
편도체는 뇌에서 감정, 특별히 공포와 공격성을
처리하는 곳이다. 이렇게 두려움의 기억은 장기기억
으로 변하게 된다.

기억의 동기화

하루 뒤, 연구팀은 쥐를 어제 겪은 무서운 경험과
비슷한 환경에 두었다.
이 과정에서 쥐의 뇌 속 모든 해마 뉴런들이
과거의 기억과 동기화 된 것이 발견되었다.

우리가 과거의 괴로운 기억을 떠올렸을 때,
혹은 비슷한 상황에 놓여졌을 때,
우리의 뇌는 과거의 기억과 동기화되는 것이다.

마치 드라이브에 저장해둔 사진이 다른 핸드폰 기기
에서도 다 동기화되는 것 처럼.

'기억의 동기화' 를 통해 좋지 않은 기억들은
길고 강하게 남게 된다.

원래도 PTSD가 있는 사람들이 유사한 많은 사건을
경험하게 되면 원래의 두려운 상황을 상기되면서,
뉴런의 동기화가 과도하게 끈끈해지는 것이다.
연구팀은 이 동기화를 끊어낼 수 있는 치료법을
개발하려 노력중이라고 한다.

그렇다면 이 기억의 고리를 스스로 끊어낼 순 없을까

삶은 과거도,
미래도 아닌
현재의 행복을 위해 사는 것이다.

과거에 어떤 아픔이 있었든,
지금 이 순간에 존재한다.
너무 먼 미래를 보지도, 뒤를 돌아보지도 않는다.

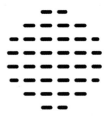

우리의 일생을 생각해보면,

우리의 약점인 나약함과 비루함은 모두

우리가 나약하고 비루하다고 멸시한 사람들에게서

되돌려 받은 것이다.

–찰스 디킨즈

이불킥하는 기억을 없애주세요

뇌가 두려움을 일시적인 감정이 아니라
우리의 생존에 중요한 학습 경험으로 여기는 것처럼
이런 기억들을 극복하기 위해선 사고의 전환이
필요하다.

모든 감정은 소중하다. 부정적인 감정이라도 말이다.
이런 기억을 묻고 외면한다고 해서 해결되는 것은 없
다.

기억은 소화시키는 것이다. 대충 씹고 넘기면 소화가
안 되는 것처럼 기억도 시간을 갖고 소화시켜야 한
다. 그리고 그 기억을 종결시켜야 한다.

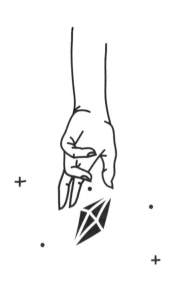

"기억하고 이야기해야 치유된다.

치유되지 않은 고통은 사라지지 않는다."

자이가르닉 효과

요즘 드라마를 보면 하나같이 중요한 장면에서 끝내거나, 중간 광고를 넣는다. 그러면 시청자는 완성되지 않은 내용을 완결시켜야 한다는 관념에 사로잡혀 '채널고정'을 하게 된다.

이것은 자이가르닉 효과(Zeigarnik Effect)를 활용한 것이다. 이루지 못한 첫사랑을 안타깝게 기억하는 것도 이 효과에 해당한다.

러시아의 심리학자이자 정신과 의사였던 블루마 자이가르닉이 발견한 현상으로 미완성효과라고 부르기도 한다.

유튜브에서 계속해서 실패한 게임 플레이 영상만
보여주던 게임광고가 생각난다. 그 광고를 보고는
참 별 것 아닌 광고라고 생각했는데,
인기 게임 앱 순위에 있는 걸 보고 놀랐다.

다들 "왜 저걸 못깨지?" 하는 마음으로 답답하게
생각해서 이것이 뇌리에 남게 되었던 것이다.

사람은 일을 끝까지 마치려는 본능이 있다고 한다.
따라서 일을 끝마치지 못할 경우 긴장을 하게 되고,
기억에 더 오래 남게 된다.

흑역사 종결시키기

자이가르닉 효과의 원리는 나의 지우고 싶은 기억에
적용할 수도 있다.
후회되는 기억은 "왜 내가 그때 그랬을까,
다르게 대했다면 더 좋았을걸.. " 대신에

"그때는 그게 나의 최선의 선택이었어.
하지만 이젠 같은 실수는 반복하지 않아."
라며 자기 성장의 매듭을 짓는다.

어렸을 때의 불행한 기억은
"그 나이에 내가 할 수 있는 건 다 했어."
하고 소화시킨다.

이것은 자기합리화라기 보다는 그 상황을 객관적인
제3자의 입장에서 바라보는 것이다.

제3자의 입장에서 보았을 때는 당연히
'정말 힘들었겠다' 라고 여길 기억을
꼭 내가 잘못한 것처럼,
내 잘못인 것 마냥 끌고가
매일 밤 이불속에서 힘들어했다.

세상에는 당연하게도 매일 행복한 일만,
즐거운 일만 생기지 않는다.
무엇보다 중요한 것은 현재에 집중하는 것이다.
우리는 모두 현재의 행복을 위해 살아간다.

어두운 밤은 무엇인가?

그것은 바로 밝은 낮이 온다는 것을 뜻한다.

-빅토르 위고

사람들 대부분은

한 시간 중 59분을 과거를 추억하거나

미래를 동경하는 데 쓴다.

Epikouros

에피쿠로스 (BC 341 ~ BC 270)
헬레시즘 시대 그리스 철학자

3장

삶과 죽음

삶에 관한 담담한 위로

죽음을 알면서도 살아가는 나는
무엇이든 못 할 것이 없다.

산다는 것은 이미 용기이다.
사람들에, 상황들에 휩쓸리면서도
하루하루를 묵묵히 살아가는

당신이 참 용기 있는 사람이란 걸
알았으면 좋겠다.

죽음은 우리에게 아무것도 아니다.
우리가 살아 있을 동안에는
죽음이 우리 곁에 있지 않고,

죽음이 우리 곁에 와 있을 때는
우리가 존재하지 않기 때문이다.
그러므로 죽음은 살아있는 자들과도 관계가 없고
죽은 자들과도 관계가 없다.

나의 죽음을 받아들이는 방법

죽음이란 것은 늘 우리를 불안하게 하기도 하고,
무기력하게 하기도 한다.

미친 듯이 일하다가도, 미친 듯이 공부하다가도
번아웃이 올 때면 나 어차피 죽을 텐데
뭐하러 이렇게 열심히 살고 있지?
하는 생각이 든 적이 있다.

힘들수록 나 자신을 직설적으로 괴롭힌다.
사실 내 마음은 내가 정하는 것인데 말이다.
마음을 스스로 궁지로 몰지는 않았으면 좋겠다.

죽음은 아무것도 아니다.

에피쿠로스에 따르면 사실 죽음은 아무것도 아니다.
세상 만물은 원자로 이루어져 육체와 정신을 이룬다.

죽음이란 원자가 분해되는 것이고
이것은 감각이 소멸됨을 의미한다.

분해된 것은 감각이 없어져 우리는 죽음을 느낄 수
도, 경험할 수도 없다. 좋은 것과 나쁜 것은 모두
감각에 달려있지만, 죽음은 감각의 상실이다.

따라서 우리는 죽음의 두려움으로부터 우리의 삶을
굳이 괴로움에 빠뜨릴 필요는 없다.

에피쿠로스의 원자론적 사상은 현대 과학과 비추어
볼 때도 꽤 논리적이다.

에피쿠로스가 전하고자 했던 것은 바로
우리가 죽음에 관해 이해함으로써
삶의 짐을 덜 수 있다는 것이다.

살면서 두려워할 수 밖에 없는 가난, 병, 폭력과 같은
것들은 궁극적으로 죽음에 대한 두려움이기도 하다.

하지만 더 이상 죽음을 두려워할 필요가 없어진다면
이런 일들도 나 자신을 감히 괴롭힐 수 없다.

살아 있지 않으면 두려워할 것이 없다는 것을
이해한다면, 살면서 두려울 것은 없다.

남들 말에 휩쓸리지 않도록

만일 사람들이 사회적 유행에 휩쓸리지 않고
자신의 고귀한 가치를 믿을 수 있다면,

시대와 사회를 초월해서 자신만의 정확한 길을
달릴 수 있다.

-아인슈타인

에피쿠로스는 사실 쾌락주의 사상가로 유명하다.
하지만 에피쿠로스가 추구한 쾌락은 자극적이고
육체적인 쾌락이 아닌 지속적이고 정적인 쾌락이다.

그래서 가장 강조한 것이 우정이었다.
기원전 그리스 아테네를 상상하면 즐길 쾌락이
그것밖에 없었나 하는 생각도 든다.
하지만 우리 세대는 즐길 쾌락이 너무 많아서 탈이다.

에피쿠로스 식으로 말하면,
인스타그램 같은 SNS는 세상의 모든 불필요한
'쾌락거리'들이 업로드되는 공간이다.

우리는 그곳에서 공허한 허영을 맛보고
자꾸만 비교하고, 열등감을 느끼기도 한다.
점점 내가 아닌 남이
나의 삶이 기준이 돼 가는 것 같다.

하지만 다른 사람과 자신을 비교할 필요가 없다.
인스타그램에 공유되는 것은 당연히 그들 인생의
하이라이트일 것이다.

침대에 누워 핸드폰을 보면서
다른 사람들 인생의 하이라이트를 보고
나와 비교하는 것은 너무나 소모적인 일이다.

다른 사람의 겉모습과 나를 비교하는 것은
내 비하인드씬과 그 사람의 하이라이트씬을
비교하는 것이다.

남과 나를 비교하면
안 되는 이유

힘든 일만 전시하고 싶은 사람은 아무도 없다.
하지만 나는
내 모든 못난 모습도 안고 가는 존재이다.

제 아무리 잘나보이는 사람도
가까이서보면 각자의 고민이 있기 마련이다.

상대를 깎아내리며 내 자존감을 찾는 것은
오래 가지 못한다.
마찬가지로 다른 사람들과 비교하며 부족한 것을
채우려 하는 것은 불필요한 쾌락을 좇는 것과 같다.

세상은 우리의 부족함을 용납하지 못하고 열등감에
시달리게 한다. 하지만 모든 사람이 하나의 목표를
향해 경쟁해야 할 때 1등을 제외한 모두는 열등감을
느낄 수밖에 없다.

남들에게 휩쓸리지 않는 첫 번째 방법은
진정히 내가 원하는 것이 무엇인지를
생각해보는 것이다.

'난 어떤 걸 좋아하는 사람이었나,
나는 어떤 행복을 위해 살아가나'

영혼의 평온

에피쿠로스는 굳이 거창한 행복을
이야기 하지 않는다.

아타락시아 ataraxia

영혼이 동요하지 않는
평안한 상태

어떤 것에도 흔들리지 않는
영혼의 평정

"진정한 행복은,

몸의 건강과 영혼의 평정에 달려 있다.

그러기 위해서는 살아가는데 있어서 고통이 제거될

만큼의 꼭 필요한 쾌락만 충족되면 된다."

에피쿠로스가 말하는 행복은
삶에 고통이 없는 것이다.
무언가 소박해보인다.

하지만 현실적으로 절대 소박한 꿈은 아닌 것 같다.
오히려 불가능해보인다. 어쩌면 우리는 고통이 없는
삶조차 살기 힘들 지도 모른다.

에피쿠로스는 육체적 고통이 정신적 고통보다는
낫다고 이야기 한다. 진통제도 없던 시절에 어떻게
이런 생각을 했는지 모르겠지만 요즘 들어 생각해보
면 정말 맞는 말 같다.

힘내라는 말을 듣고 왜인지 기운이 빠질 때가 있다.

오늘 하루 고생많았다고,
오늘은 또 얼마나 힘들었냐며
누가, 무엇이 그렇게 마음을 힘들게 하냐며.

힘내지 않아도 된다.
그 어떤 것들에 의하여 울음을 참지 않아도 된다.

그 고통을 견뎌 내 준 것만으로도
그것으로 오늘을 살아내었다.

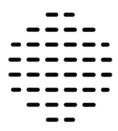

인간은 객관적 현실에 의해서 고통받는 것이 아니라
그것에 대한 견해에 의해 고통받는다.

- 에픽테토스

"단순히 긴 삶이 아니라 가장 즐거운 삶을 원한다."

-에피쿠로스

인생에서 나에게 부정적인 에너지를 주는 것들을
끊어내야 한다.

덧붙임

그런데 사후세계도 믿지 않고,
인간 생사에 관여하는 신도 없다고 믿는
에피쿠로스의 사상은 그리스도교에 의해
당연하게도 이단으로 분류되었다.

그래서 살아생전에 300여권의 책을 썼다고
전해지지만 남아있는 저서는 몇 권에 불과하다.

그 중 일부는 서기 79년
그 유명한 폼페이 화산폭발로 묻혀 18세기가
되어서야 발견되었다.

Alfred Adler

알프레트 아들러(1870~1937)
오스트리아 의사, 심리치료사
개인심리학의 창시자

4장

나에게
편안한
인간관계 맺기

People-Pleasure 로 살던 날들

아래의 말에 해당된다면 나도 모르게
'피플플레져'로 살아온 걸지도 모른다.

◯ 주변에 누가 있느냐에 따라 성격이 바뀐다

◯ 거절하는 것 대신에 변명하는 것이 편하다

◯ 자주 사과한다

◯ 다른 사람의 말에 무조건 적으로 동의하는 척을 한다

사실 어린 시절부터 주위 시선에 맞추어 자라나는
우리의 환경에서는 흔한 증상일지도 모른다.
나 역시 꽤 공감간다고 느꼈다.

이런 사람들은 타인의 마음에 나를 맞추는 것에
능숙해서 사회성이 뛰어나다.
하지만 결국엔 '나의 가치'를 잃어버리게 된다.
주위의 요구를 모두 들어주다보니 점차 나도 모르는
사이에 주체성을 잃어버리게 되는 것이다.

어린 시절에는 말 잘 듣는 착한 어린이지만,
어른이 되면 상대방에게는 그저 '편리한 사람'으로
인식될 수 있다는 점을 느끼고 배신감이 몰려왔다.

나를 잃어버리게 된 지 오래되었다.

행복은 각자의 몫

나의 행동이 다른 사람들에게 어떤 식으로 영향을
미칠 수 있을지, 긍정적인 에너지를 줄 수 있을까
고민하는 것은 것은 당연히 좋은 행동이다.

하지만 내가 누군가를 행복하게 할 수 있는 힘이
있다고 생각하는 것은 욕심일지도 모른다.
각자의 감정을 다스리는 것은 각자의 몫이기 때문이다.

가짜 인간관계

나에게 주어진 시간을 보내는 방식은 나에게
달려있다. 중요한 시험을 앞두고는 시간이 10일만
더 있었으면 좋겠다고 생각한 적이 있다.

시간은 유한하다. 어쩌면 10년 후에도
"제발 10년 만이라도 돌려주세요." 하고 시간을
되돌리고 싶어질 수도 있다.

그러니 지금부터 나의 미래를 다른 사람이 바라는
나의 일정이 아닌 내가 하고 싶은 것,
내가 온전히 쉴 수 있는 시간으로 만들어가야 한다.

아들러는 다른 사람들의 생각에 주위를 기울이는 것은 굉장히 좋은 커뮤니케이션 스킬이라고 말한다.

하지만 단지 타인의 호감을 받고 싶어 동의하는 척을 하는 것은 나의 가치에 반하는 행동을 하게 만들수 있고, 내가 어떤 것을 좋아했던 사람이었나 잊혀지게 할 수 있다고 한다.

그리고 나의 가치관에 반하는 행동을 하게 되어 되려 마음이 더 불편해질 수 있다.
곧, 나의 가치를 잃어버리게 되는 것이다.

다른 이의 감정에 귀 기울이는 순간에도
나의 감정에는 소홀했었다.

표현하고 살아요

피플 플레져들은 다른 사람들의 편안함이 곧 나의
편안함이라고 느껴 자기 파괴적인 행동을 하게 되기
도 한다.

예를 들어, 배부른데도 눈치가 보여서 더 많이 먹는
다거나, 정작 내가 쉴 시간도 없는데 남을 위해 시간
을 할애하는 것. 감정을 숨기고 견뎌내는 것에 익숙
해져서는 안 된다.

내가 상대방 때문에 화가났다거나, 슬프다거나, 당혹
스럽다거나 하는 감정을 그대로 두면 일시적으로는
싸움을 피하게 될 지 몰라도 결과적으로는 내 마음
만 불편해지게 된다.

이런 관계는 피상적으로만 유지되고 결국에는 멀어
져버린다.

어쩌면 우리 사회는 간혹 이런 people-pleasure들이
모여 '모두가 같아야 한다' 혹은 '모두가 같은 생각
을 해야 한다' 하는 집단 착각에 빠진 것 같기도 하
다. 하지만 당연하게도 개개인의 가치관, 성격, 생각,
사고방식은 모두 다양하고 나와 생각이 다르다고 해
서 틀린 것이 아니다.

비록 나는 평생 생각지도 못한 가치관을 상대방이
가졌다고 해도, 내가 그것을 옳은 방식대로 바꿔주
겠다는 결심은 옳지 못하며, 가능하지도 않다.

다른 것 뿐인데 틀린 거라며 설득시키는 것에
집착하는 사람들은 피해야 한다.

착하게 사는 건
바보 같은 짓일까

요즘 같은 시대에, '참 착하다'라는 말은 칭찬이
아닌 것 같다. 오히려 멍청하다는 말을 나에게
돌려하는 것 같이 느껴질 때가 있다.

어떤 이유에서건, 서로에게 각박해진 만큼 착하게만
살아서는 세상을 편하게 살 수 없겠다고 느낀다.

우리나라 속담에는 '똥이 무서워서 피하나 더러워서 피하지'하는 것이 있다. 무례한 사람을 무시한건데 상대방은 '아, 내가 두려워서 피하는구나' 라고 여긴다면 얼마나 어이없는 일인가.

그런데 그렇게 착각하고 사는 사람들은 꽤 많은 것 같다. 우리는 착하게 살아야 된다고 배워왔지만 누군가는 착하게 살면 당하고 산다고 말한다.

오늘부터는, 세상 편하게 살기

'다들 나를 좋게 평가해주었으면 좋겠어.
나쁜 사람으로 생각되고 싶지는 않아.'
라는 마음은 누구나 가지고 있다.

그런데 이런 기대 때문에 타인에게 '안 된다'라는
단호한 말이나 거절의 말을 잘 하지 못하던 시절이
있었다.

주위의 평가가 내 삶의 기준이 되고, 그에 따라 나
의 행동을 결정하다보면 상대방의 심기가 불편해 보
일 때, 혹시 나에게 문제가 있는 건 아닐까 하고 눈치
를 보게 된다.

그리고 그 사람의 기분이 좋아 보이면 '다행이다'
하고 생각한다.

자기검열은 삶을 너무나도 피곤하게 한다.
타인의 이기적인 요구들을 거절하는 연습이 필요하다.

내가 상대방에게 무엇을 요구하거나,
상대방의 요구를 거절했을 때
'미움을 사는 건 아닐까'
'민폐 끼치는 건 아닐까' 하고
생각하는 것에서 벗어나야 한다.

모든 사람에게 좋은 사람일 수는 없다.

'좋은 사람'을 그만두는 용기

놀이공원에서 내 앞으로 갑자기 일행이라며 새치기
를 한다. 뒤로 가라고 말할 수 있을까

야구경기를 관람하고 있는데 갑자기 뒤에 앉은 사람
이 친구와 계속 시끄럽게 전화통화를 한다.
조용히 해달라고 말할 수 있을까

혹은 일상에서 나를 괴롭히는 사람에게 그만하라고
단호히 처단할 수 있을까

당연한 일처럼 느껴진다면 다행이다.
하지만 막상 이런 상황에 처했을 때,
난처해하다 말 할 타이밍을 놓친 경험이 있다.

이런 상대방의 행동에 대해 주의를 준다고 해도
걱정할 것은 없다. 우리가 그 상대방에게 사랑받고
싶지 않다면 말이다.

특히 공동체 속에서 이런 일을 내버려두는 것은 남
들로 하여금 '저 사람은 괴롭혀도 괜찮은 사람'이라
는 생각을 갖게 할 수도 있다.

아들러는 의외로 사소한 것에서 용기를 낸다면 세상
을 더 편하게 살 수 있다고 말한다.

무례한 요구를 거절하는 법

"이 날 나는 바쁜데 혹시 나대신 일해 줄 수 있어?"
"이 일 나 대신 맡아줄 수 있어?"

이런 말을 들었을 때 무심코 해준다거나,

내 개인적인 일정 혹은 할 일이 쌓여있는데도
"그때 밥 먹자, 술먹자" 하는 말에
무심코 승낙하고서는
집에 와서 왜 그랬지 후회될 때가 있었다.

거절은 타이밍

거절에서 가장 중요한 것은 타이밍이다.

곧바로 거절해야 한다.

상대방의 이야기를 들어주다보면 거절할 타이밍을

놓치고 나도 모르게 응하게 될 수도 있다.

주로 이런 부탁을 하는 사람들의 심리는

'무리한 부탁인 것을 알면서도 일단은 해보는' 경우

가 많다.

물론 선의로 몇 번의 부탁을 들어줄 수는 있겠지만
호의가 반복되면 상대방은 내가 거절을
잘 하지 못하는 성격이라는 걸 알고,
'어차피 내 부탁을 들어주겠지' 혹은
'해주면 나야 이득이지'라고 생각할지도 모른다.

항상 거절하지 못하고 모든 일을 떠맡게 된다면
사람들은 나를 높게 평가하기는커녕
'써먹기 좋은 사람'으로 보고
앞으로도 나를 당연하다는 듯이 부려먹고,
필요할 때마다 불러댈지도 모른다.

무례한 사람들의 심리

무례한 요구를 마음 편히 거절하기 위해서는 상대방의 심리를 파악해야 한다.

 1) 상대방의 요구를 거절한다고 해도, 설령 내가 했던 말을 번복해야 한다고 해도 상대방은 당신이 생각하는 것보다 큰 타격을 입지 않는다는 것. 처음부터 '안 되면 말고' 같은 마음으로 부탁했을 지도 모른다.

 2) 직장에서든 친구사이에서든 '부려먹기 좋은 사람'이 되는 것은 피곤한 일이다. 책임감과 독립심을 가지는 것이 좋다.

 3) 내가 주인공이어야 할 인생에서 타인을 추종하면서 살 필요 없다.

모두에게 사랑받는 사람은 없다.
모두에게 미움 받는 사람도 없다.

모두에게 좋은 사람이 되는 것은 불가능하다.
모두에게 미움 받고 있다고 생각하는 것도
착각에 불과하다.

내 알 바 아니다

인간관계에서 발생하는 문제를 모두 나 때문에
일어난 것이라고 생각하게 되는 것은 정말
피곤한 일이다.

'이건 누구 때문에 일어난 일이지?'
'이 문제를 일으킨 책임은 누구에게 있지?'라고
생각해본 후 '나의 문제'와 '남의 문제'로
분리해보자.

그리고 나와 관련이 없다면 '내 알 바 아니다.'
하고 넘기는 것도 큰 용기이다.

인간관계에서 '문제의 분리' 라는 사고방식을 거치
면 상대방이 기분나빠하거나 짜증을 내는 일은 결
국 그 사람이 알아서 해결해야 할 문제이며, 나의 문
제가 아니라는 점을 깨닫게 된다.

상대방에 감정에 쉽게 공감하고,
이해하려고 하다보니 상대방의 짜증이나 불쾌함도
나의 책임이라는 생각에 괴로웠던 적이 있다.

그리고 내가 그것까지 해결해주어야 한다는 강박에
사로잡힐 때가 있었다.
하지만 상대방이 화가 난 것에 스스로를 다그치거나
상대방의 문제를 내가 대신 짊어질 필요는 없다.

함께 있어도, 거짓 미소를 지으려 애쓰지 않아도
혼자 있을 때와 가장 비슷한 편안한 모습으로 존재
해도 얼마든지 괜찮다.

불편한 칭찬

가끔은 칭찬을 들어도 이게 걱정해서 하는 말인지
비꼬는 건지 모르겠는 때가 있다.

'너무 말랐다.'
'그렇게 말라서 힘은 있어?'
'걱정돼서 하는 말이야.'

진심으로 걱정돼서 하는 '용기를 주는 말'과
'칭찬의 말'은 다르다.

용기를 준다는 것은 '위기를 극복할 힘을 주는 말'로
상대방에 대한 존중과 배려와 함께 공감적 태도가
뒷받침된다.

그러나 칭찬은 상대방의 '좋고 나쁨'을 주관적 잣대
로 평가하는 데에서 시작한다.

아무리 용기를 주기 위해 한 말이라고 해도,
자신이 기대하는 '좋은' 결과를 냈을 때에만 상대방
을 칭찬할 뿐, 자신이 기대하지 않은 결과를 초래했
을 때에는 상대방을 비하하고 소문거리로 만들기도
한다.

정말 상대방이 걱정됐다면,
밥이라도 사주고 이런 이야기를 했다면
말에 신뢰가 느껴졌을지도 모른다.

우리는 덩치 있는 사람에게는 걱정이 된다고 해서
'왜이리 뚱뚱하세요?'라고 하진 않는다.

칭찬도, 비난도 속절없다.
모두 각자의 이름과 이익의 관점에서 한 말일 뿐.

우리는 타인의 평가와는 무관하다.
나는 나의 모양일 뿐.

타인의 평가에 구태어 변명하거나
설명할 필요도 없다.

인간은 때때로

도망치기 위해

스스로 병을 일으킨다

아픈 척 하고 안 나가고 싶어요

학교, 회사 혹은 생각만 해도 끔찍한 곳.
에 가기 싫어 차라리 죽지 않을 만큼만
아팠으면 좋겠다고 생각한 적이 있다.

그런데 이런 생각은 사실 어쩌면
인간의 당연한 모습이어서
아들러의 심리학에도 등장한다.

회피적 행동은 인생 전반에 걸쳐서 일어난다.

어릴 적부터 좋아하던 운동이 있는데,
사실 음악을 할 때 가장 행복한데,
부모님이나 주변에서 재능이 없다고 판단하거나,
그래도 일단은 대학교에 진학하는 것이 낫겠다 라고
조언하여 꿈을 포기한 경우를 주변에서 많이 보았다.

나에게 주어진 현실에서 그런 꿈은 이룰 수 없다
생각하여 좌절한 적이 있다.

사실 그동안 해온 것 과는 상관없는 새로운 분야에
뛰어들고 싶었지만, 주변의 반대로 지금의 현실을 선
택했다면 몇 년 후에는 남 탓하며 불만족스러운 인
생을 살고 있다고 느낄지도 모른다.

스스로 운명을 창조하는 사람

주변에서 하지 말라고 했을 때, "그건 그렇지.."
하고 타협한 것은 사실 나였다. 어떤 고난이 있었든
그 의견을 최종적으로 선택한 것은 바로 나였다.

강한 사람이라는 것은 어떤 의미일까.
여덟 번 넘어져도 아홉 번째 일어날 수 있는 사람.

삶의 어느 순간이 최악으로 느껴져도 그 다음이
있다는 것을 믿는 사람.

그런 사람에게는 최악이 최악이 아니게 된다.

아들러는 현실과 타협하는 사고방식은 우리가 가진
용기를 점점 잃게 할 것이라고 말한다.

인간은 환경이나 과거에 일어난 사건의 희생자가
아니며, 스스로 운명을 창조하는 힘을 가지고 있다.
우리는 다른 누군가의 영향력이나 과거의 환경,
경험에 휘둘린 희생자가 아니다.

운명은 그냥 찾아드는 우연은 아니다.
우리의 숱한 고뇌와 선택들이 만들어 낸 기적같은
순간이다.

난 더 용기를 냈어야만 했다.
난 더 이겨내야만 했다.

망설임의 시간은 어차피 행복해질 나의 운명을
지체하기만 했다.

상처에 얽매여 사는 것은 그만하기로 했다.
나에게 상처를 준 사람이 원하는 건
망가지는 나의 모습이다.

너의 모든 행동은 헛되었다고,
나는 누구 부럽지 않게 잘 산다고 보여주는 것.
앞으로 살아갈 인생은 얼마든지 스스로 결정하고
그 결정에 따라 나아갈 수 있다.

나를 만들어 온 것은 나이며,
나를 바꿀 수 있는 것 또한 나이다.

무의미함을 알고 있음에도
옆을 보면 자꾸 흔들린다.
나를 위해 집중하자.
온전히 나를 위해서.

자기 인생의 드라마를 만들어가는 저자, 각본가,
연출가, 주인공 모두 자신이며
다른 누군가가 대역을 맡아줄 수도 없다.

나의 과거를 이룬 것은 '어제까지의 나' 이다.
미래의 나를 만드는 것 또한 '오늘의 나' 이다.

오늘 하루도, 긍정하기 위해

한 때는 긍정적 사고를 강요까지 하는 글들이
많이 보였다.
마치 네가 삶을 긍정적으로 살지 않으려하기
때문에 그 모양이라는 식이었다.

그런 글에는 의심이 생겼다.
내가 너무 힘든데 뭐 어떻게 긍정하라는 건지.

인생에 딱히 큰 문제가 있어야 삶이 힘든 것은 아니다.
당연한 하루는 없듯이, 딱히 고민이 있는 것도
아닌데 왠지 의욕이 없고 열심히 하려해도 기운이
나지 않아 스스로를 부정하는 경우가 있었다.

아들러는 스스로를 긍정적으로 평가하지 못하는
이유가 용기가 없어서라고 말한다.

나를 긍정할 용기가 없다는 것이다.

우리는 누구나 용기를 가지고 태어난다.
하지만 살아가면서 뭐든 할 수 있을 것만 같았던
그 용기는 사라져간다.

긍정의 반대는 부정이 아니다.
긍정의 반대는 무기력이다.

세상은 우리에게 지나치게 높은 목표를 요구할 때도
있다. 높은 목표를 설정하고, 내가 그 기준에 못 미치
게 되면 내 능력은 이것뿐인가 하고 무력감을 느낀다.

다른 사람들이 세운 기준에 나를 깎아내리다보면
삶을 긍정적으로 살아가게 해주는 그 용기가 서서히
사라진다.

당신이 '지레 겁'을 먹고 살지 않기를 바란다.
살아가면서 너무 늦거나 너무 이르거나 하는 건 없다.
용기는 어떻게든 자신을 몰아댄다.

나에게 용기를 주는 말

아들러의 심리학은 '용기의 심리학'이라고 불릴만큼
용기를 강조한다. 나 자신에게 용기를 주는 말을
하는 것은 중요한 일이다.

심리학에서는 스스로에게 하는 말을 셀프토크 혹은
내적언어라고 하는데, 소리 내어 말하면 뇌는
그 말을 실제로 들은 것으로 인식한다고 한다.

심장이 내 말을 안 들을때는 나에게도 들리게
'괜찮아 괜찮아 괜찮아' 하고 말해보는 것이 도움이
되었다.

반대로 부정적인 생각을 반복하는 동안에
뇌는 스스로에게 그것이 '진실'인 것으로
받아들이도록 작동한다.

사람의 뇌에 사실 '진실' 같은 것은 존재하지 않는
다. 뇌는 그저 받아들인 정보를 기억하고 보존할 뿐
이기 때문이다.

그러니 부정적인 말을 하는 것은 그 부정적인 말을
현실화하는 것과 다름 없다.

관용적인 생각들

~해야한다 ~하지 않으면 안된다처럼
단정적인 신념을 가지면,
불안한 상황에서 위기를 대처하기 어렵다.

반드시 ~인 것은 아니다 라는 마음을 가지면
더 관용적이고, 감정적으로 여유로운 사람이 될 수
있다.

'결정적인' 순간에는 낙관주의가 답일 수 있다.

인생에는 맑은 날도 있고 흐린 날도 있다.

너무나 당연한 말이지만,
인생에는 좋은 날들만 있지 않다.
'맑은 날'에는 용기부여의 방법이 통할지도
모르지만, 좌절의 날에는 다시 일어나기가 힘들다.

아니, 아침에 자고 일어나기에도 벅차다.

내가 가지 않은 길에 대한 후회

괴로움에 발버둥 치고 있는 현상을 있는
그대로 인정하는 것.
자신에게 닥친 힘들고 괴로운 현실을 직시하는 것.

괴롭지만서도, 그 중에서 자신의 힘으로 바꿀 수
있는 것과 그럴 수 없는 것을 나누어본다.
바꿀 수 있는 일에는 최선을 다 하되, 후회는 없다.

내가 가지 않은 길에 대한 후회는 나를 갉아먹는다.
남의 떡이 더 커보이는 것은 상상속에 있기 때문이다.
어떤 길이든지 잘못 들어선 길은 없다.

사람들은 인생이 유한하다고 슬퍼하지만,

바로 이 유한성 때문에 우리들은

도리어 더 잘 살 수 있게 되는 것 아닐까?

당신의 마음에 '먹구름'이 끼었던 날이
몇 번이나 있었을까.

지금에 와서는 무엇인가 도움으로
당신이 그 일을 극복했다는 점만은 확실하다.
당신은 인생 최대의 위기를 극복해온
장본인인 것이다.

홀로 피어 있는 꽃은

무리지어 살고 있는 가시나무를 부러워하지 않는다.

-라빈드라나트 타고르

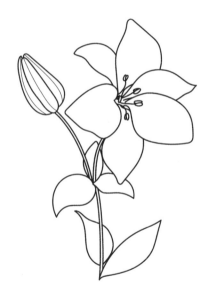

하지만 나는 지지 않았다

낙관주의는 모든 일을 자신의 상황에 맞추어
어떻게든 되겠지, 다 잘 될거야 하는 것은 아니다.

나에게 도움이 될 수 있는 낙관주의는 현실을
제대로 파악하고, 자신이 할 수 있는 한의 최선을
생각하는 것이다. 그리고 나는 할 수 있다라고 믿고
행동하는 것이다.

이미 어려운 일들을 맞서고 있는 사람들에게
'힘내'라는 말을 하는 것이 두렵다.
그들은 이미 누구보다 힘을 내고 있을 것이기에.

하지만 나는 지지 않는다.

후회는 스스로 미래의 기회를 발굴해내는 것.

나는 나의 후회도 사랑한다.

비관주의자는 어떤 기회 속에서도 어려움을 보고,

낙관주의자는 어떤 어려움 속에서도 기회를 본다.

-윈스턴 처칠

앞으로 수많은 위기에 직면하겠지요.
번거롭고 성가신 일들에 답답함을 느끼겠지요.
포기하고 싶을 때도 있겠지요.

일상이 우울한 근심거리를 가져와도
나는 그것을 참고 극복하리라.

그리고 자유로이 승리자가 되리라.

인간의 모든 고민은 인간관계에서 비롯된다.

-알프레드 아들러

상대방이 나를 이유없이 싫어한다면

나를 싫어할 만한 이유를

한 가지 만들어주자.

덧붙임

아들러는 프로이트, 융과 함께 3대 심리학자로 불린다. 아들러의 심리학 이론은 여러 자기계발 이론들의 시작점이기도 하다.

아들러의 심리학은 불안한 삶속에서도 용기를 부여하는 심리학이다. 복잡한 인간관계 속에서 용기가 필요한 순간들은 많다. 우리에게는 우리 자신을 지키기 위한 '당당함'이 필요하다.

내가 상대방에게 어떤 '가치' 가 있어야 그에 맞는 호감과 대우를 받는 것은 아니다.

당신에게 위로가 되었으면 좋겠습니다　129

Friedrich Nietzsche

프리드리히 니체(1844~1900)
독일의 철학가, 시인, 음악가

5장

지친
일상의
위로

다시 태어나도
나의 삶을 선택할 것인가?

영원회귀는 니체의 공상 속 가설이자, 사유실험이다.

어느 밤에 한 악마가 그대의 가장 깊은 외로움과
고독 속으로 슬그머니 다가와 이렇게 말한다면,
"네가 지금 살고 있으며 살아왔던
이 삶을 너는 한 번 더, 그리고 수없이 살아야만 한다.

그리고 거기에는 무엇 하나 새로운 것이 없을 것이다.

나무들 사이에 있는 이 거미와 달빛,

그리고 지금 이 순간과 나 자신까지도.

실존의 영원한 모래시계는 계속해서 위아래로

돌려지고 하나의 모래알에 불과한 너 자신도

모래시계와 함께 계속 뒤집힐 것이다."

너는 땅에 엎드려 이를 갈면서 그렇게 말하는

악마를 저주할 것인가?

만약 이러한 사유가 너를 사로잡는다면

그것은 지금의 너를 변화시키거나,

아니면 아마도 너를 부수어버릴 것이다.

각각의 모든 것에 던져지는 물음,

"너는 이것이 다시 한 번, 그리고 수없이
반복되기를 욕망하는가?"라는 물음은
가장 끔찍한 무게로
네 행동 위에 놓여 질 것이다.

그렇지 않다면 최후의,
영원한 증명과 봉인만을 원하기 위해서,
너는 너 자신과 너 자신의 삶을
얼마나 잘 가꾸어야 할 것인가?

<니체, 즐거운 학문>

영원회귀 (영겁회귀)

영원회귀에 따르면 우리는 삶이 끝나게 되면
정확하게 그 삶을 그대로 다시 살게 된다.
그리고 무한히 반복하게 된다.

똑같은 학창생활과 입시를 치르고
똑같은 대학에 가서,
똑같은 돈을 벌고, 똑같은 사랑을 하고,
똑같이 죽게 되는 것이다.

니체는 우리가 영원회귀를 깨닫는 순간
삶의 허무를 딛고 삶을 새롭게 시작할 수 있다고
말한다.

삶의 절망을 끊고 싶다면 우리는 더욱 더 후회하지
않는 삶을 살기 위해 최선의 선택을 하게 될 것이다.

영원한 지금 이 순간을 가장 가치 있고,
소중하게 가꾸어야 하는 것이다.

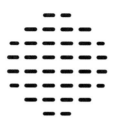

무언가 원하고 욕망할 때에는
정신없는 성취의 과정 속에서 삶의 고통을
느끼지 못한다.

하지만 목표를 이루고 나면 권태가 오곤 한다.
특수한 것을 성취해서
그것이 일상적인 대상으로 변하면,
새로움의 신선함을 느끼지 못하고 지루해한다.

권태로움

권태로움은 '삶은 가치 있는 것인가?'
혹은 '인생은 무엇을 위해서 살아가는 것인가?'
하는 회의를 느끼게 한다.

영혼회귀는 이런 일상의 지루한 반복을
우리가 어떻게 하면 긍정적으로 받아들이고,
삶을 진취적으로 살아갈 원동력으로
삼을 수 있는지 생각해보게 해준다.

지금 이 인생을 다시 한번 완전히 똑같이
살아도 좋다는 마음으로 살아라.

나를 죽이지 못하는 것은,
나를 더 강하게 한다.

Was mich nicht umbringt,
macht mich stärker

<니체, 우상의 황혼>

당신에게 위로가 되었으면 좋겠습니다　143

莊子

장자 (BC 369?~286)
송나라, 도가사상

6장

우리는
성공하기 위해
이 세상에
오지 않았다

우리는 성공하기 위해
이 세상에 오지 않았다.

요즘과 같은 경쟁사회에서 장자의 생각이
현실 도피적이라고 여겨질지도 모르겠다.

그렇지만 끝없이 치닫는 현대사회에서
오히려 장자의 '소요유' 는 여유 있는 삶이 무엇인지
되돌아보게 해준다.

소요유

쓸 데 없이 있이 빈둥빈둥 거리기

소逍 노닐다, 편안하고 한가롭다

요遙 아득하다, 거닐다

유遊 놀다, 즐기다, 떠돌다

'성공'을 좇는 바보같은 삶

소요유는 정신적 자유의 경지에 노닌다는 뜻으로
한자만 봐도 물 흐르는 느낌이 든다.
장자는 인생을 바쁘게 살지 말라고 이야기 한다.

삶을 목적을 완수하기 위한 수단처럼 소모한다면
'성공'은 할지 모르지만
그것은 바보같은 삶이라고 한다.

정말 그럴까?

돈을 버는 것이 인생의 목표라는 것을

부정하는 사람은 없을 것이다.

하지만 얼마나 벌어야 돈을 벌었다고 할 수 있을까

중요한 것은 돈을 번 이후에는

무엇을 할 것인가 하는 문제이다.

인생은 소풍이다

우리는 흔히들 "건강이 최고야." 라는 말을 한다.
아무리 돈이 많은 사람도, 아무리 다 얻은 것처럼
보이는 사람도 우울증에 빠지기도 한다.

장자는 말한다. 인생은 소풍이라고.
삶이라는 여행은 어떤 목적지가 있는 것이 아닌
그 자체가 목적인 것이다.

호접지몽

분명 처음 겪는 일인데 어디서 본 것 같은
데자뷰가 느껴질 때가 종종 있다.
무언가 꿈속의 모습처럼 아득하게 그려질 때도 있다.

혹시 전생이 있었던 건 아닐까? 하는 생각이 든다.

그런데 사실 우리가 살고 있는 현실이 꿈이고
그 잠깐의 순간이 진짜 세계라면 어떨까.

"어젯밤 꿈에 나비가 돼 꽃 사이를
즐겁게 날아다녔는데,
너무도 기분이 좋아서 내가 나인지도 잊어버렸다.

그러다 불현듯 꿈에서 깨고 보니
나는 나비가 아니라'장자'가 아닌가?
그렇다면 장자가 꿈에 나비가 된 것인가,
나비가 꿈에 장자가 된 것인가?
지금의 나는 과연 진정한 나인가?
아니면 나비가 나로 변한 것인가?"

정말 어이없는 이야기라고 생각할 수도 있다.

흔히는 인생의 덧없음으로 해석하기도 한다.

장자는 만물에 구분이 없다고 말한다.

이 꿈 이야기를 통해 장자가 하고 싶었던 말은

'꿈'과 '현실'을 구분하는 것이야말로

정말 쓸모없다는 것이다.

세상에 있는 모든 것들은 변화를 거쳐 또 다른 무언

가가 된다. 우리가 보고 듣고 생각하는 모든 것은

사실 세상에 있는 모든 것의 변화에 불과하다.

삶은 '맞다 or 아니다' 중 하나로 정해지지 않는다.

인생에는 정해진 답이 없다.

자신이 선택한대로 살아갈 뿐이다.

선택한 것에 책임을 지며 그저 살아가는 것이다.

장자에게 "이건 틀렸다. 이렇게 하는 게 맞다."

하고 단정 짓는 것은 의미가 없다.

세상의 모든 것은 다 변해가기에.

인생의 주인공은 나다.

조연이 주인공한테 관심을 안 준다고 해서

드라마에 영향이 있을까?

주인공인 나도 엑스트라들 때문에

힘들어 할 필요가 전혀 없다.

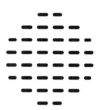

살면서 마음이 정말 편하다고 생각한 적이 얼마나
될까? 항상 무언갈 해야만 하고, 어떻게든 살아가야
만 한다는 생각에.

우리는 우리의 삶을 내 마음대로 살아가는 경우가
생각보다 없는 것 같다.

우주먼지

우리의 삶을 지구전체에서 바라보면 어떨까,
또 대우주의 관점에서 바라보면 어떨까.
그저 먼지 한 톨에 불과할지도 모른다.

끝없이 팽창하는 우주 속에서
우리는 자연과 하나로 보일 것이다.

뭐하러 먼지끼리 싸우나 하는 생각이 들면
악착같이 덤벼드는 사람들은 하찮아 보이기 시작한다.

장자는 작은 생각에 머물러서, 옳고 그름을 하나하나 세세하게 따지지 말고, 하늘을 뒤덮는 대붕처럼 크게 생각해서 너그럽게 이해하라고 한다.

장자의 죽음이 가까워지자,
제자들은 그를 성대히 장사지내려 하였다.
그 때 장자가 말하였다.

"나는 하늘과 땅을 관으로 삼고,
해와 달을 구슬 장식으로 삼고,
별자리를 진주와 옥 장식으로 삼고,
만물을 부장품으로 삼으려고 하니,
나의 장구는 이미 다 갖추어진 것이 아닌가?
여기에 무엇을 더 보태겠느냐?"

제자들이 말하였다.

"저희들은 까마귀나 솔개가 선생님을 먹어버릴까
두렵습니다."

장자가 말하였다.

"땅 위에 놓아 두면 까마귀와 솔개가 먹을 것이고,
땅 아래에 묻으면 개미들이 먹을 것이다.
이쪽 놈이 먹는다고 그것을 빼앗아 딴 놈들에게
주는 셈이다. 어찌 그리 편협하게 생각하느냐?"

<장자>

금옥만당, 막지능수

金玉滿堂 莫之能守

온갖 보물이 집에 가득하니,
아무도 이를 지킬 수가 없다.

<노자, 도덕경>

덧붙임

과학적으로 따져보면 나비는 단순해서 꿈을 꿀 수
없기에 답은 하나라고 한다.
하지만 꿈을 꿀 수 있는 동물들은 많다.

Dale Carnegie

데일 카네기 (1888~1955)

20세기 가장 영향력있는 미국인
'자기계발서'를 탄생시킨 사람.

7장

당신은
'잘 될 수 밖에 없는'
사람

걱정없이 살아요

많은 사람들은 이것저것 걱정을 하면서
보험에 가입한다. 덕분에 가장 이득을 보는 것은
보험회사이다.

불이 나진 않을까, 차사고가 나면 어쩌나.
하지만 카네기는 걱정하는 일이 실제로 벌어질 확률
이 거의 없다고 말한다.

보험회사는 나쁜 일이 발생할 확률을 두고 돈을 거
래한다. '걱정'하는 인간의 심리를 이용하는 것이다.
하지만 보험회사가 파산하지 않은 것은
사고가 자주 있는 일은 아니라는 뜻이다.

걱정하던 일은 대부분 일어나지 않고
기대하던 일도 대부분 일어나지 않는다.

우리는 대부분 걱정하지 않던 일로 위기를 맞고
기대하지 않던 일로 행복을 얻는다.
발을 구르다 결국 체념할 때
뜻밖의 기회가 나를 찾아온다.
우연을 가장한 필연처럼.

다 내려놓고 도망치고 싶을 때
내 삶은 이제 시작이라고.
아직 끝나지 않았다고.

정말로 내 삶은 그리 쉽게 버림받을 리 없음을.

이미 행복한 사람인 척 굴어라.
그러면 행복해질 수 있다.

<데일 카네기, 인간관계론>

여유있는 척

걱정은 정신적으로 우리를 무력하게 만든다.
불확실한 미래보다는
오늘 하루 할 수 있는 것을 떠올리는 것이 좋다.

최악의 상황도 감수할 수 있다고 느낄 때 우리는
새로운 심리적 에너지를 느낄 수 있다.

내가 여유로운 척이라도 하면
남들도 나를 여유롭다고 보는 것 같다.

걱정을 없애는 공식

☑ 스스로에게 일어날 수 있는
   최악의 상황을 상상하기

☑ 필요하다면 그 상황을 받아들일 준비하기

☑ 최악의 상황을 벗어날 방법을 생각하기

당황스러운 상황속에서도
루틴을 찾는 것이 중요하다.

걱정거리는 우리를 불안하게 하고
합리적 사고를 할 수 없게 만든다.

나는 내가 좋다

내 인생은 세상의 구석에 있을지 모르겠지만,
나는 내 인생의 구심점에 있다.
나는 남들이 원하는 겉모습에 맞추어
나의 약점을 회피하려고 하지 않는다.

오히려 유연히 받아들인다.
나에게도 개인적 콤플렉스가 없는 것은 아니다.
하지만 있어도 상관 없다.

그런건 실패가 아니기 때문이다.

모든 사람은 '자기 자신'에게 관심이 제일 많다.
사람들은 생각보다 남 일에 관심이 없다.

상대의 마음을 꿰뚫어보는 기술

우리는 항상 자신이 원하는 것에만 관심을 기울인
다. 내게는 정말 큰 의미가 있는 일이라도 다른 사람
들은 전혀 관심이 없을 수 있다.

그저 자신이 좋아하는 것에만 관심을 가질 뿐이다.
친구가 자기가 정말 좋아하는 영화라며 내 노트북에
다운로드까지 받아줘도, 내 취향이 아니면 별로 보
고 싶지는 않다.

하지만 "이 영화를 보면 네가 하고 있는 작업에 아이
디어를 줄 수 있을 것 같은데?" 하면서 준다면 솔깃
해진다. 상대방의 마음을 움직이기 위해서는
그 사람이 '어떻게 하면 원하는 것을 얻게 될 수 있
을지' 에 대해 이야기해야 한다.

사람은 고쳐지지 않는다

아무리 끔찍한 짓을 저지른 범죄자라 하더라도
자신을 위한 변명은 준비해두는 법이다.
기자들이 질문을 해도 '나는 잘못한 것 없다'라고
오히려 응당한 태도를 보이기도 한다.

큰 잘못을 저질렀다 해도 스스로 '내가 잘못했다'
'난 진짜 나쁜 놈이야'라고 생각하는 사람은 드물다.
이것은 어쩔 수 없는 인간의 본성이다.

우리 모두는 자신을 보호하기 위한 방어기재가 있다.

내가 받은 지적이 설령 맞는 말이라도

나에 대한 부정적인 말은 잘 받아들이려 하지 않는다.

그렇기 때문에 사실 내 맘에 안 든다고

상대방을 고치려 드는 건 전혀 효과가 없다.

스스로 깨닫기 전에는.

인간은 모두
인정받고 싶어 한다

인간은 '중요한 사람'이 되고 싶어 하는
욕구를 지니고 있다.

하지만 사람들은 무언가 마음에 들지 않으면
잘못을 지적하는 것에는 익숙하지만,
고마워하거나 잘한 점을 치켜세워주는 것에는
인색하다.

맛있는 음식, 나만의 시간, 건강, 수면 등 대부분의
인간의 욕구는 스스로의 노력으로 성취된다.
하지만 중요한 사람으로 인정받고 싶은 욕구는
혼자 힘으로 충족할 수 없다.

고마운 사람 되어주기

상대방이 내 삶에 있어서 소중한 존재라는 것을
계속해서 상기시켜준다면, 상대방도 나를
'내 가치를 알아주는 좋은 사람'으로 기억하게 된다.

돌이켜보면 몇 마디의 칭찬으로 인생의
큰 힘을 얻은 기억이 있다.
하지만 몇 마디의 말로 낙담을 하게 된 적도 있다.

칭찬을 받아 그것이 인생의 큰 분기점이 된 기억은
그 사람을 평생 고마운 사람으로 기억하게 한다.
이제는 우리가 그 역할을 맡을 차례이다.

내가 한 말에 대해서는 종종 후회하지만
침묵한 것을 후회한 적은 없다.

-퍼블릴리어스 사이러스

말할까, 말까 고민될 때는
하지 말자

가끔씩 '아 아까 그렇게 말하지 말걸..'
하면서 집에 와서도 후회할 때가 있다.

왜 그런 말들은 집에 와서도
계속 생각이 나는지 모르겠다.

돌이켜보면 어떤 말을 내뱉어서 후회하는 경우가
내뱉지 않아서 후회하는 경우보다 많다.

복잡한 상황 속에서 감정적으로
마음이 앞서게 되면 필터링 없이
말을 내뱉게 되는 경우가 있다.

하지만 특히 일적인 인간관계일수록 상대에게 말할 기회를 주는 것이 더 나은 선택일지도 모른다.

말이라는 것은 상대가 누구냐에 따라 받아들이게 되는 의미가 달라진다. 사실 내가 무슨 말을 했느냐보다는 상대방이 무슨 말을 들었느냐가 중요하다.

내 말이 상대에게는 공격이 될 수도 있고, 상대의 반응이 나에게 공격이 될 수도 있다. 불필요한 논쟁에서는 승자도 패자도 없다.

사람들은 각자 자신의 의견이 맞다고 고집하는데, 그 대화에서 승자라 하더라도 상대방의 마음은 얻지 못한 것이니 이겨도 지는 싸움인 것이다.

내 뒷담화에 의연해지기

아무도 주목하지 않는 사람은 욕도 먹지 않는다.
아무런 이유없이 나에게 비난을 하는 사람이 있다
면 그 사람은 내가 부러워서 질투를 하는 것이라
생각해도 좋다.

사람들은 부족한 자신에 대한 자괴감을 떨치기
위해 다른 사람들을 깎아내린다.

세상에는 별 사람이 다 있다.
남들이 지껄이는 것을 모두 막아낼 수는 없으니
그저 '남들의 소리에 의연해 질 수 있다면' 그것으로
충분하다.

오늘은 아무 일도 못했는데 어쩌나.
나를 탓하지 말자.

특별한 일을 하지 않았어도
당신은 오늘 하루를 잘 살아내었다.

슬픔에 잠기거나 힘든 일이 있을때는

홀로 생각하는 시간이 많으면 많을수록 더 괴롭다.

우리가 가장 여유로울 때

걱정은 우리의 마음 속을 치고 들어온다.

새벽에는 그 슬픔들이 공기와 응축되어

작은일도 크게 느껴진다.

걱정이 많을 때는 일부러 열심히 살곤 한다.

사소한 즐거움을 잃지 않는 한
인생은 무너지지 않는다.

매일 밤낮으로 펼쳐지는 아름다운 세상을
아무 생각 없이 지나치곤 한다.

인생사가 90%는 옳고 10%가 틀렸을 때,
모두들 10%에 마음을 쓴다.

하지만 행복해지고 싶다면
옳다고 믿는 90%에 집중해야 한다.

삶은 항상 이기는 게임

누구나 성공할 수 있다.
다른 사람이 성공한 일은
누구나, 언제든지, 어디에서건 성공할 수 있다.

-생텍쥐페리

우울의 시계

시간이 가면 모든 것이 지나간다고 하지만,
우울에 빠진 사람에게는 시간이 가지 않는다.
정지된 시간 속에 갇히게 되는 것이다.

주위를 둘러보자.
카네기는 많은 우울증은 자신에 대해
너무 많이 생각해서 생긴다고 말한다.

브람스도 출판 거절을 당했고,
모차르트도 생활비가 없어
겨우 연명하던 시대가 있었다.

덧붙임

데일 카네기는 1888년에 태어난 미국인 작가이자
강사이다. 그런데 카네기가 쓴 자기계발책은 아직도
서점에서 베스트셀러이다.

얼마나 대단하면 그럴까.
지금 시점에서 재해석해보았다.

당신에게 위로가 되었으면 좋겠습니다　191

글을 마치며

매일이 맑지는 않아도
매일이 따뜻했으면 좋겠습니다.

이 글이 당신의 모든 부정적인 감정을 잠식시키지는
못하더라도 읽는 동안만큼은
평온하셨으면 좋겠습니다.

내 인생을 막을 사람은 없습니다.
오늘 하루도 빛날 당신을 위해.

참고문헌

L'existentialisme est un humanisme(1946)

No Exit(1944), Jean Paul Sartre

Jimenez, J.C., Berry, J.E., Lim, S.C. et al. Contextual fear memory retrieval by correlated ensembles of ventral CA1 neurons. Nat Commun 11, 3492 (2020).

(Creative Commons Attribution 4.0 International License)

Cyril Bailey, The Greek Atomists and Epicurus (Oxford: Clarendon Press, 1928)

Cyril Bailey, Epicurus: The Extant Remains (Oxford: Clarendon Press, 1926)

Menschenkenntnis(1927), Wozu leben wir?(1931),
The science of living(1929), Social Interest:
A Challenge to Mankind(1933), Alfred Adler

Die fröhliche Wissenschaft, Götzen-Dämmerung,
oder, Wie man mit dem Hammer philosophiert,
Friedrich Wilhelm Nietzsch

How to Win Friends and Influence People
How To Stop Worrying and Start Living
The Quick and Easy Way to Effective Speaking,
Dale Breckenridge Carnegie

<장자>, 장자

<도덕경>, 노자

The Pathology of Thinking,

Zeigarnik Blyuma Vul'fovna

당신에게 위로가 되었으면 좋겠습니다

초판 1쇄 발행일 2022년 10월 10일

지은이 정서아

발행처 북크닉

출판등록 제 2022-000066호

이메일 booknic23@naver.com

© 정서아, 2022

ISBN 979-11-980336-0-4 (03810)